U0695097

Zhongguo Wenhua
Zhishi Duben

中国文化知识读本

主编
编著

金开诚

潘宏丽

中国古代四大民间传说

吉林出版集团有限责任公司

吉林文史出版社

图书在版编目（CIP）数据

中国古代四大民间传说 ／ 潘宏丽编著. —— 长春：
吉林出版集团有限责任公司：吉林文史出版社，2009.12（2023.4重印）
（中国文化知识读本）
ISBN 978-7-5463-1253-8

Ⅰ. ①中… Ⅱ. ①潘… Ⅲ. ①民间故事-简介-中国
-古代 Ⅳ. ①I207.7

中国版本图书馆CIP数据核字(2009)第223031号

中国古代四大民间传说

ZHONGGUO GUDAI SI DA MINJIAN CHUANSHUO

主编／金开诚 编著／潘宏丽

项目负责／崔博华 责任编辑／曹 恒 于 涉

责任校对／樊庆辉 装帧设计／曹 恒

出版发行／吉林出版集团有限责任公司 吉林文史出版社

地址／长春市福祉大路5788号 邮编／130000

印刷／天津市天玺印务有限公司

版次／2009年12月第1版 印次／2023年4月第6次印刷

开本／660mm×915mm 1/16

印张／8 字数／30千

书号／ISBN 978-7-5463-1253-8

定价／34.80元

前 言

　　文化是一种社会现象，是人类物质文明和精神文明有机融合的产物；同时又是一种历史现象，是社会的历史沉积。当今世界，随着经济全球化进程的加快，人们也越来越重视本民族的文化。我们只有加强对本民族文化的继承和创新，才能更好地弘扬民族精神，增强民族凝聚力。历史经验告诉我们，任何一个民族要想屹立于世界民族之林，必须具有自尊、自信、自强的民族意识。文化是维系一个民族生存和发展的强大动力。一个民族的存在依赖文化，文化的解体就是一个民族的消亡。

　　随着我国综合国力的日益强大，广大民众对重塑民族自尊心和自豪感的愿望日益迫切。作为民族大家庭中的一员，将源远流长、博大精深的中国文化继承并传播给广大群众，特别是青年一代，是我们出版人义不容辞的责任。

　　本套丛书是由吉林文史出版社和吉林出版集团有限责任公司组织国内知名专家学者编写的一套旨在传播中华五千年优秀传统文化，提高全民文化修养的大型知识读本。该书在深入挖掘和整理中华优秀传统文化成果的同时，结合社会发展，注入了时代精神。书中优美生动的文字、简明通俗的语言、图文并茂的形式，把中国文化中的物态文化、制度文化、行为文化、精神文化等知识要点全面展示给读者。点点滴滴的文化知识仿佛颗颗繁星，组成了灿烂辉煌的中国文化的天穹。

　　希望本书能为弘扬中华五千年优秀传统文化、增强各民族团结、构建社会主义和谐社会尽一份绵薄之力，也坚信我们的中华民族一定能够早日实现伟大复兴！

目录

一、孟姜女哭长城

秦始皇为抵御外扰，在崇山峻岭之间筑成了一道连绵万里的长城

秦始皇统一六国后，为了防止北方游牧民族的不断侵扰，强征大量民夫北上，将原来北方几个小国修筑的城墙连接起来，在崇山峻岭之间筑成了一道连绵万里的长城。而为修筑长城死亡的民夫则不计其数，长城道旁到处都是修城民夫们的累累白骨。在中国民间广为流传的孟姜女哭长城的故事就发生在秦始皇修长城的那个年代。

（一）姜女出世

相传在松江，有一个村子叫孟家湾。村子里有两户人家是邻居，一户姓孟，一户姓姜，都是一对老夫妻，又都没有儿女。孟家的屋檐下有个燕子窝，每年春天，总会有一对燕子飞过来，到孟家做客。到了秋天，燕子飞到南方去过冬。第二年春天，那两只燕子又会飞到孟家来做窝。有一年，这两只燕子生了四只小燕子。其中一只小燕子在学飞的时候摔伤了一条腿。孟老太太心疼得不得了，就精心地照料这只小燕子直到它康复。后来，天气冷了，这群燕子就又飞走了。

第二年春天，那只受过伤的小燕子飞了回来，嘴里还衔着一颗葫芦籽，一飞到孟家，就把葫芦籽放在了他家的窗台上。孟老太太一看，是去年她救过的那只小燕子，就满心欢喜地叫孟老汉把葫芦籽种在了窗前的空地里。葫芦藤越长越大，越长越高，顺着墙爬

孟姜女的传说流传至今

孟姜女哭长城

到隔壁姜家结成了葫芦。这天，孟老汉去姜家摘葫芦，姜老汉因葫芦生在他家的院子里，就和孟老汉发生了争执。最后两家商定，葫芦对分。剖开葫芦后，只见里面端坐着一个又白又胖、非常可爱的女娃娃，这女娃娃大大的眼睛，一张小脸粉嫩嫩的，可爱极了。孟老汉喜出望外，奔走相告，村里人听说了，纷纷前来观看这新鲜事儿。孟老汉坚定地说："这葫芦是我亲自种下的，这女娃理应归我。"姜老汉却固执地说："这葫芦结在我家的院子里，这胖娃娃应该是我的才对。"孟老汉把女孩抱去，姜老汉抢不到手，就奔到县署申冤。经询问，县主断定此女为两家共有，由两家共同抚养，并取名为孟姜女。自从孟家和姜

孟姜女传说被人们世世代代讲述了上千年

孟姜女塑像

家有了这个女娃娃，两家人就把当中的院墙一拆，成为一家人了。

　　光阴似箭，日月如梭，转眼数十载，孟姜女长大成人。孟老汉请了个绣花娘来，专教孟姜女做女红。这绣花娘是一个节义妇人，不仅会作绣，还会读书识字。孟姜女自从跟了这个绣花娘，不但学会了挑花刺绣，还学会了读书识字。方圆十里的乡亲们无人不知、无人不晓她是个聪明伶俐、知书达理、才貌双全的好姑娘。

（二）邂逅杞良

一天，孟姜女在自家花园纳凉，忽然见一双飞舞的蝴蝶，便上前去捉。谁知用力过猛，跌入了荷花池中。孟姜女不习水性，大呼救命。一个书生恰巧经过，听见呼喊声，就跳进水里将孟姜女救了起来。孟姜女醒来后，见自己被一陌生男子抱在怀里，羞愧得不得了。书生连忙说道："在下名叫范杞良，恰巧经过，见小姐掉入荷花池中，一时心急，

孟姜女庙

孟姜女传说陈列室

才冒犯了小姐，请小姐恕罪。"孟姜女朝这个书生上上下下打量了一番。只见他虽然衣衫褴褛，风尘仆仆，却仍然掩盖不了他那种文质彬彬的书生风度。孟姜女见这书生长得一表人才，心里很是喜欢，便对范杞良说："谢公子救命之恩，请到我家更衣待茶。"孟姜女将范杞良带进屋中，向家人说明了事情的经过。孟老汉见女儿对这个书生很是中意，便说："你和小女难中相遇，是小女的救命恩人，老夫做主，把小女许配给你。"范杞良见孟姜女端庄秀丽、知书达理，就答应了这门婚事。万事俱备，只欠东风，经过一番准备，两家老人就为他们选了个黄道吉日，在家中热热

孟姜女庙又叫贞女祠

闹闹地办起了喜事。谁知天有不测风云，新郎、新娘正要拜堂，突然从门外闯入几个衙役，一拥而上把新郎范杞良抓走了。

原来，秦始皇在全国各地抽调大批民夫修筑长城，民夫们被饿死、累死的不计其数。一个神仙知道了以后，害怕秦始皇伤害太多无辜百姓，知道范杞良是仙人转世，该受此劫难，就去见了秦始皇，说范杞良可以抵一万个夫役的死。秦始皇听闻，便下旨捉拿范杞良。衙役们抓住范杞良后，就把他发配去充当修长城的民夫了。

（三）万里寻夫

转眼一年过去了，范杞良杳无音讯。"娘子，我修好了长城就回来。"丈夫临走时候的话语还萦绕在耳旁。孟姜女看着窗外，天气越来越凉了，不知道丈夫在塞北能不能吃饱穿暖。日夜思念丈夫的孟姜女茶不思、饭不想，一天比一天消瘦。孟老汉见女儿如此，问道："女儿为何这么悲伤？"孟姜女用丝帕擦拭着泪痕说："我要去长城，为范郎送寒衣。""这怎么行，路途遥远，你一个弱女子，如何走得了啊？"孟姜女坚定地说："爹爹，范郎音讯全无，生死不明，我就是爬，也要爬到长城去！"孟老汉见女儿如此坚决，就忍痛答应了。第二天，孟姜女就带着干粮和给丈夫特制的御寒衣服上路了。

一路上，风吹雨淋、日晒风寒、步履艰难，孟姜女终于走到了浒墅关。关官问："为何要过关啊？"孟姜女说："我丈夫去修筑长城，塞北天寒，我为他送寒衣。请老爷放我过关去，民女永生不忘你的大恩大德！"这把守浒墅关的关官是个专门搜刮百姓的贪官，见孟姜女没有钱财，就拦住城门，死活不让孟姜女过关。旁边有几个守关的老兵见孟姜女可怜，就说："老爷，就让她唱个小曲吧，唱得好，

夕阳里的孟姜女塑像

就放她过关。"关官说："好吧，只要唱得好，老爷我就放你过去。"孟姜女无奈，伤心抽泣着把自己的苦处唱了出来：

孟姜女像

正月里来是新春，　　家家户户挂红灯。

老爷高堂饮美酒，　　孟姜女堂前放悲声。

二月里来暖洋洋，　　双双燕子绕画梁。

燕子飞来又飞去，　　孟姜女过关泪汪汪。

三月里来是清明，　　桃红柳绿处处春。

家家坟头飘白纸，　　处处埋的筑城人。

四月里来养蚕忙，　　桑园里想起范杞良。

桑篮挂在桑枝上，　　勒把眼泪勒把桑。

五月里来是黄梅，　　梅雨漫天泪满腮。

又怕雨湿郎身体，　　又怕泪洒郎心怀。

六月里来热难当，　　蚊虫嘴尖似杆枪。

愿叮奴身千口血，　　莫咬我夫范杞良。

七月里来七月七，　　牛郎织女会佳期。

银河不见我郎面，　　泪流河水溅三尺。

八月里来秋风凉，　　孟姜女窗前缝衣裳。

针儿扎在手指上，　　线儿绣的范杞良。

九月里来九重阳，　　高高山上遇虎狼。

命儿悬在虎口里，　　心儿想着范杞良。

十月里来北风高，　　霜似剑来风似刀。

风刀霜剑留留情，　　范郎无衣冷难熬。

十一月里大雪飞，　　我郎一去未回归。

万里寻夫把寒衣送，不见范郎誓不回。

十二月里雪茫茫，孟姜女城下哭断肠。

望求老爷抬贵手，放我过关见范郎。

孟姜女声泪俱下，连那个黑心的关官也被孟姜女感动得流泪了，连忙放她出关了。

孟姜女出关后，天已经黑了。她找不到睡觉的地方，就随便找了个亭子休息。谁知在亭子里遇见了一个领着小孩的老妇人，老妇人看她饥寒交迫，就给她一封枣子。孟姜女半夜醒时，只见面前哪是妇人和小孩，分明是大小两只老虎，便吓得晕了过去。第二天醒来时，只见地上留着一个简帖，上面写着"浒墅关土地奉了菩萨法旨令本关山神母子前来搭救，所食枣名火枣，是仙家的妙品，食过十二枚便可一年不饥不渴。"原来是孟姜女的决心感动了菩萨。从此以后，孟姜女不吃东西，也不感觉饥饿。

有一天，她走过一条山路，突然被两个大汉掳走。原来这是一群强盗，抓孟姜女来是要给山大王做压寨夫人。山大王见孟姜女不施粉黛而颜色如朝霞映雪，心里很是欢喜。连忙要大摆酒宴，与孟姜女成亲。孟姜女临危不乱，铿锵有力地说道："请问大王，你家中可有妻子姐妹？倘若有人欺辱你的妻子

人们修建孟姜女庙以表达对孟姜女的怀念

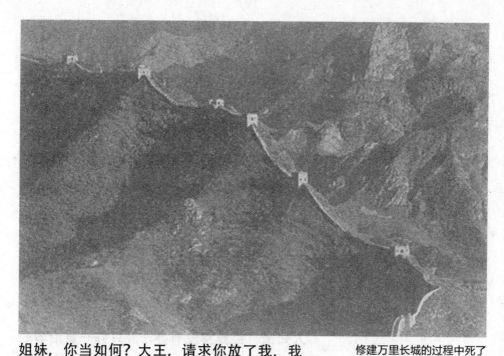

姐妹，你当如何？大王，请求你放了我，我还要去往长城。""你到长城做什么？""找我丈夫。""找你丈夫做什么？""为他送寒衣。"山大王听闻，说道："小女子，长城役夫千千万，你不好找啊。长城工程浩大，役夫死伤无数，倘若你的丈夫……"孟姜女含着泪光说："倘若我的丈夫已经亡故，我也要用寒衣裹着他的尸骨，暖一暖他屈死的亡魂、痛断的肝肠！"山大王听完也痛哭起来："小女子，我们都是从长城逃出来的，那里还有我们的骨肉兄弟，那里留下了我们的血和泪啊！"这时，山洞里的其他大汉也悲痛地说："大哥，让他给我兄长送件寒衣吧！""让她

修建万里长城的过程中死了不计其数的民夫

山海关长城

给我爹爹带点铜钱。""给我那去世的儿子上上坟。""大哥,放了她吧!"山大王一声大吼:"摆队相送!"说罢,便送走了孟姜女。

(四)哭倒长城

不知走过了多少山川河流,不知经历了多少艰难困苦,孟姜女终于找到了修长城的地方。一看,这里有成千上万个民夫正在做着苦工呢。孟姜女问其中一个干活的民夫说:"大哥,你可知道有个从松江来的范杞良?"民夫摇了摇头。一连问了好多人,可都没有人知道。孟姜女没有办法,只好一直沿着长城走,一路上逢人就问,一遍一遍地说着同样的话,眼泪也不知道流了多少。终于有一天,她遇见了当初和范杞良一起从松江过来的几个民夫。那几个民夫一见孟姜女,全都忍不住地流下了眼泪。孟姜女抓住其中一个民夫的胳膊说:"大哥,我的丈夫范杞良呢?""范杞良已经死了,被活埋在长城底下了。"民夫们泣不成声地说道。原来,在修筑长城的过程中,有城墙不断倒塌,秦始皇认为是修长城的过程中伤断了龙脉,为了接通龙脉,永保长城巩固,就把范杞良给活埋在长城的城墙里了。

万里长城

孟姜女像

孟姜女听到这个噩耗悲痛地大喊一声："范—郎—啊！"便倒在了城墙脚下，再也见不到她日夜思念的丈夫范杞良了。回想起这几个月来，她为了给丈夫送寒衣，不知吃了多少苦，流了多少泪，如今却连丈夫的最后一面都没能见上。想到这里，孟姜女再也控制不住了，嚎啕大哭起来。民夫们有的听了她的哭声，垂下头，非常痛苦；有的听了她的哭声，昂起头，非常愤怒。这一哭，哭得肝肠寸断，哭到天昏地暗，霎那间又刮起了漫天大风，飞沙走石。忽然一声巨响，只觉得山崩地裂，震耳欲聋，城墙边上的民夫吓得全都趴在地上，谁也不敢睁开眼睛来看。一声巨响过后，四周又恢复了宁静。等民夫们睁开眼睛一看，却都被眼前的景象惊呆了。原来，刚才还牢不可破的长城，如今却坍塌了好长一段。

众人再去细看那一段倒塌了的长城，只见碎石旁边露出了一大堆白色的尸骨，纵横交错，简直惨不忍睹。

（五）滴血认骨

孟姜女打算把丈夫的尸骨带回家乡安葬，也好让范杞良叶落归根，魂归故里。可这一堆堆凌乱的累累白骨，哪个才是丈夫的呢？这时候，她想起小时候老人们曾经教过她的一种办法，叫做"滴血认骨"，如果自己的鲜血滴入尸骨内，尸骨就是自己丈夫的。如果鲜血外流，就不是。她从头上拔下一根金钗，毫不犹豫地朝自己的手指上刺去，然后让手指上的鲜血滴在一根根尸骨上。滴着滴着，果然在滴到一具尸骨的时候，孟姜女

凄美的爱情传说给雄伟的长城平添几分浪漫

孟姜女哭长城

手指上的鲜血全部渗了进去。真是苍天不负有心人，孟姜女终于找到了她日思夜想的丈夫。

孟姜女收拾好范杞良的遗骨，准备背回家去。再看看手中的包裹，自己给丈夫亲手做的寒衣现在没有用了，不禁又伤心起来。这时候边上的民夫劝她说："你一个弱女子，又要背尸骨，又要背棉衣，哪里还走得动？再说了，鬼魂也穿不了活人的衣服，倒不如就在这里烧掉，就算是你给你丈夫尽一份心意吧。"孟姜女一想，也有道理，就当场点起火来，把棉衣烧成灰烬，一边祈祷着苍天保佑，让范杞良的鬼魂少受些痛苦。

却说孟姜女哭倒长城，滴血认骨的事情，

朝霞中的孟姜女像

望夫石

很快就在长城一代传开了。有一个监工的将领怕秦始皇知道了这件事会怪罪下来，就派出一支骑兵，风风火火地赶来捉拿孟姜女。

这边早有好心的民夫通风报信了，对孟姜女说："快逃吧，有骑兵要来抓你了！"孟姜女不敢耽搁，包起了范杞良的遗骨就匆匆上路了。

这天，孟姜女走了很久，想放下包裹坐下歇歇气，却隐约听见身后传来了一阵马蹄

残破的长城

铜川哭泉旁的孟姜女像

传说孟姜女哭倒长城惊动了秦
始皇

声，眼看追兵就要追来了。她赶忙拿起包裹又跑了起来。孟姜女不知又跑了多远，筋疲力尽的她再也跑不动了。想想一个弱女子，怎么跑得过马蹄呢？孟姜女走投无路，不由得仰天长叹："老天啊！我孟姜女虽死无憾，可谁来埋葬我夫君的遗骨呢？难道你就不可怜我这个弱女子吗？"

（六）始皇吊孝

最终，孟姜女还是没能逃过骑兵的追捕。

山海关长城

秦始皇听说孟姜女哭倒了城墙，立刻火冒三丈，暴跳如雷。他率领三军来到长城脚下，要亲自处置孟姜女。秦始皇一见孟姜女，就大发雷霆："大胆女子，为什么要哭倒城墙？"早已把生死置之度外的孟姜女愤怒地说道："我的丈夫范杞良被你们抓来修长城，还被活生生地埋在了城墙里，我是他的妻子，难道不可以哭自己的丈夫吗？天底下哪有这样的道理！"谁知道秦始皇这时候却好像一点也不生气了，他只顾朝着孟姜女看个不停，左看右看，上看下看，怎么看都觉得孟姜女长得漂亮。这样一来，孟姜女说他什么，他自然一句也没有听进去。

秦始皇身边有个奸臣赵高，很会察言观色，溜须拍马。他见秦始皇很喜欢孟姜女，就顺水推舟地说："陛下，不如您就免去了这个女子的死罪，封她为贵妃，也好让她早晚陪伴陛下。天下百姓知道了，都说陛下宽厚仁爱，岂不是一举两得的好事吗？"秦始皇一听，正中下怀，连连点头。赵高对孟姜女说："孟姜女，你的丈夫已经死了，如今皇上体恤你，招你入宫为妃，不知你可愿意？"孟姜女心里是一百个不愿意。可她又一想：我一个弱女子，如果不答应就只有死路一条，我死了不要紧，可谁来安葬范郎的尸骨呢？范郎尸骨没有入土，我也死不瞑目啊！想到这

蜿蜒起伏的万里长城

孟姜女哭长城

里，孟姜女强忍下一肚子怨气，说道："想让我入宫为妃，要答应我三个条件。"秦始皇一听，大笑着说："别说三件，三十件我也答应你！"孟姜女说："第一件，得给我丈夫立碑、修坟，隆重下葬，丧事要办得体体面面、风风光光的。"秦始皇一听当场表态："这还不容易嘛，答应你这第一件事情。"孟姜女又说："还有第二件，你要给我丈夫披麻戴孝，率领文武百官哭着送葬。"秦始皇一听勃然大怒："放肆！朕乃一国之主，九五之尊，怎么能为一个百姓披麻戴孝！"孟姜女摇了摇头说："如果你不答应，那就杀了我吧！"秦始皇看孟姜女如此坚决，再看看她，真是越看越漂亮，越看越舍不得，就一跺脚说："好吧！就依了你这第二件事。"孟姜女松了口气，不动声色地说："第三件，你要和我一起游三天海，三天以后，才能成亲。"秦始皇连忙说："好了好了，三件事都答应你了，就这么办吧。"

秦始皇立刻派人给范杞良立碑、修坟，采购棺椁，准备孝服和招魂的白幡。出殡那天，范杞良的灵车在前，秦始皇紧跟在后，披着麻，戴着孝，真当了孝子了。这一天，长城边上人山人海，百姓们都前来看热闹。大家指指点点地说道："范杞良和我们黎民百姓的这口

山海关长城入海口

孟姜女哭长城

长城景色如画

冤气，今天总算吐出来了！"

（七）魂归大海

该办的事都办好了，孟姜女又对秦始皇说："三件事情，你做了两件。那就接着游海吧，游三天海后，我们就成亲。"秦始皇大喜，让下人们预备了两条游船，就和孟姜女来到了海边。

孟姜女当然是不会让秦始皇得逞的。原来，孟姜女用的是缓兵之计。想当初范杞良被活埋在长城底下，真是死不瞑目。后来孟姜女哭倒城墙，滴血认骨，好不容易才找到

了范杞良的尸骨，想带回松江老家，让他的
灵魂得到慰籍，谁知道秦始皇却看上了孟姜
女，要她入宫为妃。那时候要是不答应，肯
定是玉石俱焚，范杞良的灵魂也就得不到安
息，岂不更让人痛心！现在这样一来，借着
皇帝的手，让范杞良的尸骨入土为安，也总
算出了一口恶气。孟姜女已经没有了后顾之
忧，她还怕什么呢？

　　孟姜女和秦始皇两人沿着一座长桥朝海
边走去，看着波涛汹涌的大海，孟姜女忽然
停住脚步，纵身一跃，"扑通"一声跳进了大

雄伟的万里长城

孟姜女哭长城

庙里供奉着孟姜女像

海里。秦始皇大喊："来人，快来人啊！"可话还没说完，孟姜女早已经沉没在汹涌的波涛之中了。秦始皇命令手下打捞，可是茫茫大海之中，再也没有孟姜女的影子了。

后来，有人在孟姜女当年跳海的地方修了座庙，庙里供着孟姜女的神像，人们都说是姜女庙，这庙就在山海关外。古代劳动人民用血汗建造的万里长城作为伟大的古迹一直保存到今天。而孟姜女万里寻夫、哭倒长城的故事也一直在民间流传。

二、牛郎织女

（一）牛郎救牛

从前，有一个山村里住着一户人家，爹娘死得早，只剩下两兄弟相依为命。两兄弟在村里租地耕田，日子过得很艰难。弟弟是个不会花言巧语、老实巴交的人，只知道埋头干活。后来，村里有人给哥哥说媒，哥哥就成家了。

一天，弟弟听村里的老人说，山里躺着一头老黄牛，不吃不喝已经好多年了。弟弟决心要进山去把老黄牛拉回来耕田。他把这事和哥哥说了，哥哥正想要添头牛呢，就一口答应了。弟弟一个人带着点干粮，就进了大山，不知翻过了多少道岭，趟过了多少条河，终于，他看见在一块大石头旁躺着一头瘦骨嶙峋的老黄牛。弟弟走过去，看着老黄牛没精打采的样子，心想它一定是饿了，就赶忙去拔草喂这头老黄牛。

说来也怪，弟弟拔来的草，老黄牛总是会大口大口地吃下去。弟弟拔多少，它就吃多少。一连喂了三天，老黄牛终于吃饱了。弟弟看着老黄牛又重新站了起来，很高兴地对老黄牛说："牛大伯，和我回家耕田吧，以后我天天拔草来喂你。"说罢，就准备拉这头老黄牛回家。谁知这时，黄牛居然说话了："小

古朴的村落

小村落

弟弟，谢谢你这么多天来喂我。我本是住在天山的神牛。当初盘古开天辟地的时候，地上没有五谷，全靠着我偷来了天仓里的五谷种，撒在人间，地上的百姓才能够种上粮食。可后来玉皇大帝发现了，就把我踢下了天庭。我躺在这里这么多年了，谁也不曾来喂过我。谢谢你，从此以后我们就是朋友了，我跟你回家。"弟弟一听，非常高兴，就牵着老黄牛回家了。

哥哥嫂嫂一见弟弟真的牵回了一头牛，也很高兴，就把放牛耕田的事情交给了他。

弟弟和老黄牛总是形影不离，没事的时候，就给老黄牛梳毛、喂草，把老黄牛伺候得膘满肉肥，很有精神。从此以后，村里人就称呼他为"牛郎"。

却说牛郎的哥哥和嫂子对牛郎很不好。每次等牛郎出去干活，才在家里做好吃的。等牛郎一回家，却喝的是烂菜汤，吃的是糠窝头。这天，牛郎正在耕地，老黄牛开口说话了："牛郎，你嫂子正在家包饺子呢，你不回家去吃？""这么早回去嫂嫂要骂的。""这

牛郎每天带着黄牛下地干活

还不好办？我给你施个法，把你耕地的锄头给弄坏，你就能回家了。"说罢，只见从老黄牛身上发出一缕光，锄头瞬间就坏掉了。牛郎一看，就闷声不响地赶着牛回家了。

牛郎每天干活，却得不到哥嫂的同情

刚到家里，就见哥哥和嫂子正围着桌子吃着香喷喷的饺子呢。哥哥一见牛郎这么早就回来了，板着脸问道："你怎么这么早就收工了？"牛郎小声说道："我不小心把锄头弄坏了，没法耕地了，就回来了。"嫂子一听，气得跳了起来，骂道："真是个大傻蛋。吃

无奈之下，牛郎牵着黄牛离开了家

的比谁都多，还这么没用。跟你在一起过日子，真是倒霉！还不如趁早分家。"在一旁的哥哥也早有此意，就对牛郎说："咱们分家吧。"牛郎含着泪说道："哥哥从小将我拉扯大也不容易，分就分吧。我就要那头老黄牛，剩下什么也不要。"哥哥嫂子一听，乐开了花，想都没想就答应了。

第二天，牛郎就牵着老黄牛离开了家。

（二）河畔娶妻

牛郎和老黄牛走啊走，也不知道要去哪里。老黄牛见牛郎愁眉苦脸的样子，就说："牛郎，你不要着急，你骑到我身上来吧。我会带你到一个好地方去的。"

　　牛郎早已经把老黄牛当成是自己最亲的亲人了，就索性让老黄牛驮着他走。他们走了很久，终于走进了一个山沟里，那里树木茂盛，鸟语花香，很是幽静。只见一条河旁，有一间青瓦白墙的房子，还有一个好大好大的院子。老黄牛对牛郎说："这就是我们的家了。这是老天爷给你的，快下来看看吧。"牛郎一听，高兴得不得了，连忙跑到屋里看了个遍。这里吃的、穿的、用的，样样齐全。从此，牛郎就在这个新家住了下来。

　　牛郎有了新家，日子过得有滋有味的。可是没多久，牛郎就闷闷不乐起来。老黄牛

牛郎离开哥嫂，过起了新生活

牛郎织女
035

心里知道他在想什么，原来，牛郎也到了娶妻生子的年纪，想要个媳妇了。这天，老黄牛对牛郎说："明天是七月初七，会有仙女到我们这儿的河里来洗澡。明天你早早地就去躲在河边，趁她不防备的时候，把织女晾着的衣服偷偷拿过来，千万不要还给她。这样一来，她就可以做你的媳妇啦。"

织女池

到了第二天，牛郎早早地就来到河边躲了起来。不一会儿，就看见一个穿着轻纱的美丽女子来到河边，这女子就是织女。织女本是王母娘娘最疼爱的孙女儿。天山缤纷灿烂的云彩，都是靠她的一双巧手加上一把云梭织成。这一天，正值王母娘娘大寿，织女一心想织一幅特别的布，替王母娘娘贺寿，但天上又找不到合意的颜色，于是，织女决定私下凡间，希望可以找到她想要的颜色。织女下凡后走着走着，就来到了河边。这时候正是正午，天气炎热，织女见河水清透，又四下无人，就忍不住宽衣解带下河洗澡了。这时，在一旁躲着偷看的牛郎趁织女一不留神，就把她放在岸边的衣服给拿了过来。

织女洗完澡后，正准备上岸，谁知岸边的衣服不见了，却多了个不认识的男子。她顿时满脸通红，一颗心"怦怦怦"跳个不停，连忙大声喊叫起来："你是谁？我的衣服呢？快还给我。""给你衣服好办，你得先答应嫁给我。你愿意嫁给我，我才还给你衣服。"牛郎笑嘻嘻地说。织女无奈，只好羞答答地说："好了，你别闹了，把我的衣服还给我吧，我穿上衣服，就去你家做你媳妇，你说好不好？""好好好！"牛郎见织女答应了，高兴得蹦了起来。不过这时老黄牛又在耳边提醒他说："牛郎，把你的衣服给她，先让她穿上。这织女的衣服，你可千万要藏好，万一她穿上自己的衣服朝天上一飞，你这个媳妇可就没有啦。"牛郎听后，就把自己的衣服脱下来扔给了织女，织女没办法，只好穿上了牛郎

牛郎趁织女洗澡时将她的衣服藏起，织女做了他的妻子

牛郎和织女结为夫妻

的衣服，磨磨蹭蹭上了岸，跟牛郎回家了。

　　到家后，老黄牛对牛郎说："好了，你把媳妇也领进门了，你也有房子有地了，明天你去把哥哥嫂子他们都请来看看吧，再请上你的邻居们，让大家一起到这儿来聚聚，就赶紧把婚事给办了吧。"

　　第二天，牛郎就把哥哥嫂子、街坊邻居

牛郎织女过上幸福生活

全都给请来了。大家见牛郎找了个这么漂亮
的媳妇，还住着这么大的一个庭院，都羡慕
得不得了。当着众人的面，牛郎和织女拜过
天地，他们终于成为一家人了！

（三）织女思归

织女虽然是天上的织女，但温柔贤惠，
没有一点架子。她不但会养蚕，而且还会纺

纱织绢。织女织出的绢漂亮极了，又细又软，又光又亮，比天上的云彩还要好看。附近的大嫂小妹知道了，都赶过来向织女学织绢。从此以后，牛郎耕田，织女织布，他们相亲相爱，和和美美的，小日子过得十分红火。后来，织女又生下了一男一女两个孩子，白白胖胖的，人见人爱，牛郎别提多高兴了！

身在凡间的织女仍然思念天上的家乡

一晃三年过去了，两个孩子也会下地走路了。可牛郎却发现织女总是神情恍惚，对什么事都心不在焉的样子。这天，织女涨红着脸对牛郎说："牛郎，你也知道，我的家在天上，我是从天上飞下来的。这一晃已经三年了，我有点想念我的家人了。你看看人家，哪家媳妇不回娘家去看看的？爹妈从小把我拉扯大，我如今回去看看他们，这也是应该的。如今倒好，自从那次私自下凡，到现在已经三年多了，居然都没有回去一趟，也不知道他们有多想念我呢！还有外公、外婆，还有我的六个姐姐，三年来，我每天都在梦里梦见他们，你说我苦不苦？求求你了，就让我上天去看看他们吧。"说到这里，织女忍不住簌簌地流下了眼泪。

牛郎心里也很难过，有所顾虑地说："万一你穿上衣服，飞回到天上去了，撇下我和两

牛郎舍不得织女离开
牛郎心疼妻子，答应她回天宫
的请求

个孩子，我们可怎么办啊？"织女急忙说道：
"不会的，不会的。你待我这么好，我怎么会
不知道呢？虽说我是天女，不过既然已经跟
你结成夫妻，我们是一定要白头到老，永不
分离的。如今又生下这么好的一对儿女，我
这个做娘的怎么会忍心撇下他们不管呢？你
尽管放心好了，我一定会回来的。"

看着织女情真意切的神态，牛郎终于动
了心，就把当年藏好的衣服拿了出来，交给
了织女。织女一穿上这件衣服，小时候在天
宫里的事情又一幕幕浮现在她的眼前。她仿
佛听见了亲人们在呼唤她的声音，她该怎么

办呢？这时候，织女心乱如麻，泪如雨下，忍不住一阵心酸，走过去抱起自己的一对儿女亲了又亲。说起来，她也实在是舍不得孩子，舍不得牛郎，可她又多么想马上就回天宫去看看，去看看她的亲人。织女一边流泪，一边抱着孩子，在屋子里兜圈子。到后来，她终于横下一条心，咬一咬牙，把孩子朝床上一放，就从窗口飞了出去，腾云驾雾，直奔天宫飞去了。

牛郎见织女飞走了，这才后悔了。他连忙转身跑出大门去看，这时候织女已经飞上了天空，只见她越飞越高，越飞越远，不一会儿工夫就无影无踪了。一对儿女见织女飞

织女最终选择飞向天宫

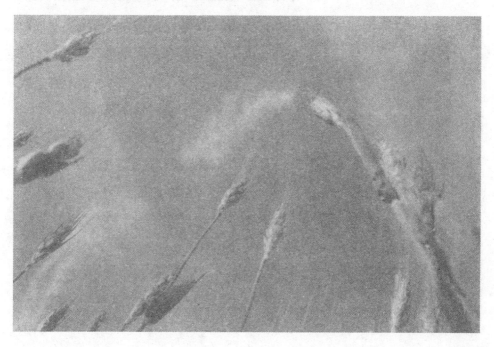

牛郎织女

织女走后，牛郎朝思暮想

走了，哭得撕心裂肺，老黄牛闻声赶来，对牛郎说："你看你看，我早就提醒过你，千万把她的衣服藏好了，你怎么不听呢？""唉，是我一时心软，就把衣服给她了。不过她临走时说过，她一定会回来的。"老黄牛想了想，慢悠悠地对牛郎说道："我算过了，她过几天应该就会回来的，你放心吧。"牛郎这才安下心来。

却说织女返回了天宫，就去见了自己的六个姐姐。姐姐们听说织女在凡间和凡人成了亲，还有了一对儿女，都惊讶得不知道该说什么好了。"妹妹，你私自下凡做出这样的事情，王母娘娘恐怕不会轻饶你的，这可如

何是好？"织女的大姐说道。"我打算向王母坦白，请求她原谅我。"织女坚定地说。众姐妹也想不出别的好办法，只好陪着织女去见王母娘娘了。

（四）鹊桥相会

织女和姐姐们来到王母娘娘的宫殿，对王母娘娘一五一十地都说了。王母听后勃然大怒，对着织女喊道："枉我平时这么宠你，想不到你居然干出这样的事来。居然敢私自与凡人结合，还生了两个孩子。来人啊，给我把织女关起来，让她永远不能再下凡间。"天兵天将连忙上前把织女捉住，关进了天牢。

鹊桥相会

织女的姐姐们见此情景，都跪在地上为织女求情，可王母娘娘一点情面都没留，拂袖而去。

一连几天过去了，牛郎见织女还未回来，很是着急。老黄牛也病倒了。这天，老黄牛叫来牛郎对他说："我就要死了，等我死后，你把我的皮剥了，披上我的皮就能飞上天。如果织女过几天还没有回来，你就飞上天去找她吧。"说罢，就咽了气。牛郎号啕大哭，知道自己再也救不活老黄牛了，没办法，只好听老黄牛的话，剥下它的皮来救急了。正在这时，牛郎听见屋里面孩子在喊娘，连忙跑进屋子一看，是织女回来了。原来，织女被关进天牢后日夜思念她的孩子和丈夫，整

织女走后，牛郎的心情如枯萎的花朵暗淡无光

牛郎独自在家苦等织女

这段美丽姻缘从此天地两隔

牛郎织女
049

牛郎织女被银河隔在两岸不能相见

日不吃不喝，几个姐姐见她可怜，就偷偷把她救出来了。终于，牛郎和织女一家人又团聚在一起了。

可是好景不长，王母娘娘知道了织女逃出天牢的事情，非常震怒。这天，天空突然狂风大作，天兵天将从天而降，原来是王母娘娘派来捉拿织女的。不容分说，天将们就押解着织女飞上了天空。正飞着飞着，织女听到了牛郎的声音："织女，等等我和孩子！"织女回头一看，只见牛郎用一对箩筐，挑着两个儿女，披着牛皮赶来了。慢慢地，他们之间的距离越来越近了，织女可以看清儿女们可爱的样子，孩子们都张开双臂，大声哭喊着"娘"。眼看牛郎和织女就要相逢了，可就在这时，王母驾着祥云赶来了，只见她拔下头上的金簪，往牛郎和织女中间一划，霎时间，一条天河波涛滚滚地横在了他们之间，无法横越了。

织女望着天河对岸的牛郎和儿女们，哭得声嘶力竭，牛郎和孩子也哭得死去活来。他们的哭声、孩子们一声声"娘"的喊声，是那样揪心裂胆，催人泪下，连在旁观望的仙女、天神们都觉得心酸难过，于心不忍。王母见此情此景，也稍稍为牛郎织女的坚贞

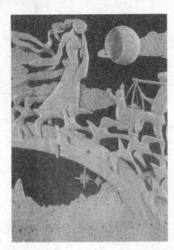

以牛郎织女鹊桥相会为题材的版画

爱情所感动，织女的姐姐们见王母有些心软，就都劝她把牛郎留在天上吧。王母娘娘看着自己最疼爱的孙女儿哭得那么伤心，便同意让牛郎和孩子们留在天上，每年七月七日，让他们相会一次。

从此，牛郎和他的儿女就住在了天上，隔着一条天河，和织女遥遥相望。在秋夜天空的繁星当中，我们至今还可以看见银河两边有两颗较大的星星，晶莹地闪烁着，那便是织女星和牵牛星。和牵牛星在一起的还有两颗小星星，那便是牛郎织女的一儿一女。

到了每年的七月七日，就会有无数的喜鹊飞到天河之上，你咬着我，我咬着你，大伙儿齐心协力，连成了好长好长的一大串，就在天河上临时搭起了一座鹊桥。牛郎和织女踩着喜鹊的头顶，一步一步走过去，在这座鹊桥上相会。

牛郎织女的故事世世代代传了下来，一直传到了今天。大家把七月初七的晚上叫做"七夕"，人人都把这天当做情人相会的日子。据说到了夜深人静的时候，年轻人躲在葡萄架底下，还能偷听到牛郎和织女两个人说的悄悄话呢。

三、梁山伯与祝英台

祝员外老来得女，视为掌上
明珠

（一）改装求学

这是一个美丽动人的故事，故事发生在
东晋。祝英台是浙江上虞城外祝家庄人。父
亲祝公远，是祝家庄上有名的财主，大家都
叫他祝员外。祝员外快七十岁了，祝夫人比
他小十岁。夫妇俩一共生了八个儿子，满心
指望一个女儿，恰恰第九胎就生下一个女儿，
老夫妇视其犹如掌上明珠一般。祝公远为人
拘谨、顽固，平日家教很严，但对女儿却是
娇纵的。女儿的名字叫英台，不但生得眉清
目秀、玲珑乖巧，处处讨人喜欢，而且还十
分懂事。小时候几个哥哥在书房读书，她总
要跟在边上一起读，也就耳濡目染地学会了

"四书"、"五经"、诗、词、歌、赋，十分聪明。

祝英台的贴身丫鬟叫银心，从小和祝英台一起长大，也是个聪明伶俐的丫头，和祝英台很合得来，因此祝英台把她当做亲妹妹一样看待，两人平日总是形影不离。这天，祝英台在闺房里看书，看倦了，就带着银心一起来到后花园散心。两人正在说说笑笑，却听见花园围墙外面人声嘈杂。她们索性跑到假山上去朝外面张望，一看，原来是几个读书人，要到杭州城里去读书，带了书童，挑着担子，一边说说笑笑，一边匆忙赶路。看着围墙外面的情景，祝英台慢慢地下了假山，但心情却不像先前那么宁静了。原来，祝英台从小就非常喜欢读书，今天看见墙外几个书生兴高采烈地出门求学，就更加坚定了她要去杭州城读书的念头。

祝员外一听女儿要去杭州城读书，连忙双手乱摇说道："胡闹什么，平日一些小事我也就依了你了，可你去外面打听打听，哪有女孩子出外读书的规矩？自古以来女子无才便是德，亏你还读过几年书，连这个礼数都不明白吗？"祝员外的话说得滴水不漏，可祝英台却早就料想爹爹不会这么容易就答应她出外读书的，便不慌不忙地说出一番道理

年轻的祝英台想去杭州城闯荡

来："爹爹，自古以来女子好学成名的也大有人在，像班昭、蔡文姬，不都是东汉的才女吗？如果爹爹怕我一个女孩子出外求学有危险，我可以女扮男装啊。""什么女扮男装？你在家里有时候扮个男孩子，那是闹着玩的，倒也无妨。一旦出门在外，一天到晚扮男装，能瞒得过别人吗？"

祝英台撒娇地说道："爹爹，女儿早就想好了。只要你答应让我去读书，我保证谁也不会知道我是个女孩子的，爹爹不必担心。""好了好了，你不要再胡闹了，你要读书，我明天就给你请个先生来，在家里读，到杭州城去读书，是万万不可的。"说罢，祝公远气冲冲地拂袖而去。

祝英台见爹爹不答应，就一赌气跑回了自己的闺房。从此闷闷不乐，吃不下饭，也睡不着觉，一天比一天憔悴。祝夫人看了很是心疼，就劝祝公远说道："我们就这么一个宝贝女儿，一直宠到了今天，就索性再依她一回吧。再说，杭州城里那位有名的周士章先生不是你的好朋友吗？他的学问的确让人钦佩，你就让英台去他那读书吧。"其实祝公远心里还是很疼爱这个小女儿的，他想，其实读书也不是什么坏事，杭州的周士章又是

爹爹不答应英台，她躲到闺房闷闷不乐

自己的好朋友，信得过的，就点点头同意了。

祝英台女扮男装高兴地去了杭州城

英台听说父亲答应让她去杭州城读书了，开心得跳了起来。三天之后，一切都准备得妥妥当当。祝英台一身男装，骑在一匹白马上，银心也打扮得像个小书童，还挑了一担书箱。祝公远不舍地说道："你要牢牢记住，此番改装到杭州，必须小心谨慎，不能露出破绽，若有半点差错，我是不会饶你的。还有一件，我与你母亲都是年迈之人，若是一旦有什么疾病，你见了家信必须即刻返乡，不许拖延。""爹爹请放心，二老多保重身体。"给祝公远和祝夫人磕头作揖后，英台就骑着白马上路了。

英台离开家乡，赶赴杭州

（二）草亭结拜

　　告别了父母，祝英台和银心两人沿着大路朝杭州方向走去。此时，正是春暖花开、万物复苏的季节。祝英台的心情如小鸟出笼般雀跃，一路上与银心说说笑笑，好不自在。这天下午，她们正在赶路，忽然狂风大作，一片黑云从远处飘了过来，不一会儿，就把刚才还明晃晃的太阳全给遮住了。"小姐，我们快些走，找个地方躲一躲吧，要下雨了。"

银心脱口而出。"你叫我什么？"祝英台看看四周，好在没有人听见，继续说道："在家里怎样嘱咐你的，上了路就改口称呼，如今你又叫起小姐来了，幸亏没有人听到，否则岂不是露了马脚？以后千万要记住才好。"银心一吐舌头，知道自己犯了个错误，就连忙改口说："银心记住了。公子，你看那边有个草亭，我们还是先去避一避吧，眼看就要有一场大雨了呢。"说罢，两人一先一后就朝草亭奔去。亭子边上有一棵柳树，银心就把白马拴在了树上。

草亭避雨令梁、祝二人结缘

英台二人正在草亭内休息，只听前方传来一阵急促的马蹄声。英台抬头一看，只见一个年轻的男子，骑了一匹灰色马，匆匆而来。马的后面，还跟着一个挑着行李的小书童。那挑担子的道："这亭子里已经先有避雨的人了。"那骑马的道："先把行李放在一边吧。"说话之间，人已下马。那人头戴儒巾，身披蓝衫，也是文人打扮。不过所穿蓝衫，丝织得非常粗糙，并非有钱人家公子的模样。只见他眉目清秀，一表人才，眉宇间透出几分英气。

年轻男子进入草亭，便一拱手对祝英台说："打扰了。大雨要来了，在这里避一避。"

大雨过后，梁、祝二人已成好友

祝英台站在亭子一边，有礼相还。说道："哪里哪里，仁兄客气了。"

年轻男子很自然地和英台搭起话来："俗话说，在家靠父母，出门靠朋友。今天我们在这草亭相遇，也算有缘。我叫梁山伯，是会稽府人氏，家住胡桥镇上。请问仁兄，是要到哪里去？"祝英台想，来而不往非礼也，人家客客气气地问，总不好不理不睬吧，便压低声音说道："小弟名叫祝英台，是要到杭州求学去的。"

"不知仁兄打算投奔哪一位名师？""家父有一位好友，叫周士章，在杭州一家书院教书，打算去杭州投奔周先生。""是吗？在

下对周士章先生也早有耳闻，此次也想拜他
为师呢！真是太巧了。"祝英台渐渐自然地和
梁山伯攀谈起来。梁山伯更是一见如故地把
自己的出身家世以及思想性情，都坦率地告
诉了祝英台。

梁山伯剧照

原来梁山伯也是一个书香人家的子弟，
家道清寒，父亲在几年前患病身亡了。

如今母亲见他长大成人，便叫他出外寻
访名师指教，也好学成之后光耀门楣。祝英
台听罢梁山伯的叙说，不禁油然起敬。忽然，
梁山伯若有所思地沉默了起来，祝英台不解
地看着他，过了一会儿，梁山伯才半吞半吐
地向祝英台说道："祝仁兄，我有一句话，只

是不敢启口。"祝英台道："你我在此相见，十分投机，有什么言语，但说无妨。"梁山伯说道："想我们二人，有缘在此相见，又要去拜同一个先生为师，将来还要同窗求学，倒不如我们结义金兰，将来也好有个照应，不知仁兄意下如何？"祝英台一听，心里很是高兴。说道："仁兄的话，正合我意。在下今年十六，不知仁兄实际年龄？""在下十七，就算你的长兄了！"祝英台两手一拱道："小弟敬你为兄了，不知我们何处结拜？"梁山伯笑呵呵地说："这还不简单，我来布置个香案。"说罢，就走到草亭外面，从树上折下一枝柳条来，顺手插在了石头缝里。梁山伯和祝英台在香案前跪下，对天三拜。礼成后，祝英台道："银心，你过来见过梁相公。"银心对梁山伯拜了一拜。梁山伯道："四九，你过来见过祝二相公。"四九赶紧过来，对祝英台也拜了一拜。

这时候，早已经雨过天晴了。一对结拜兄弟离开了草亭，高高兴兴地上路了。

（三）三年同窗

几天之后，梁山伯与祝英台一行四人渡过钱塘江，顺利进入了杭州地界。经过一番

二人在草亭义结金兰

询问，就匆匆忙忙赶到了书院。

祝英台和梁山伯渡过钱塘江，
赶赴书院

　　周士章执教的书院叫万松书院。这周先生一向教学有方，闻名遐迩，已经收了很多学生。梁山伯与祝英台一见周士章，就说明了来意，并把自己早已准备好的几篇习作拿给先生指正。周先生接过习作，仔仔细细地看了起来。他一边看，一边不时地点头，看样子，对这些习作还是比较满意的。周先生看着面前这两个学生，觉得他们都是可造之才，就十分爽快地把他们都收为学生了。

　　从此以后，他们主仆四人便在万松书院住了下来，一起学习，一起生活。

万松书院

久而久之，梁山伯与祝英台两人的感情越来越深厚。在房间里读书的时候，他们相对而坐，无话不说；就是到外面去散步，两个人也是形影不离。这样一来，难免会引起同学们的一些议论。一天早晨，梁山伯和祝英台亲密地携手走进讲堂，一个同学看见他们，打趣地说道："大家快看，梁祝二兄这样亲密，真像一对恩爱的夫妻呢。"祝英台被他这么一说，不禁地害羞了。大家一看，越发觉得有趣，索性哄堂大笑起来。"有什么好笑的，祝兄弟又不是女子，怎么能开这种玩笑呢？"梁山伯正色说道。正好这时候周先生一声咳嗽，走进讲堂，几个起哄的都低下头去，不敢再说什么了，这场风波才算被平息了下来。

　　转眼间，已到次年二月之尾，他们在一起已经学习一年了。这天，书院的同学们一起组织去爬山。谁知从山上回来后，祝英台就染上了风寒。梁山伯见祝英台身体不适，便说："明天请个大夫来瞧瞧吧。"说着，伸手在她额角上一摸，只觉如热石一般，非常烫手。便道："贤弟真生病了，这多半是晚上少盖被，受了凉了。"祝英台睡在枕上也没作声，微微笑了一下。梁山伯说："今天晚上，你不必叫唤银心。我在贤弟脚头抵足而眠，

二人在万松书院朝夕相处，以兄弟相待

二人的学院生活波澜不惊

有事只管叫唤我。"祝英台一听，很是为难。一方面不好拒绝梁山伯的好意，可另一方面自己毕竟是个女孩子，从来没有和一个男子同床共枕过，这可怎么办是好啊。祝英台灵机一动，开口说道："梁兄，承蒙你一片深情，可小弟小时候一向一个人独睡，倘若与人同床，中间必须放一碗水，两人相约，谁也不可越过界限把水打翻。倘若有人犯规，第二天就要罚他拿出钱请客的。"

却说梁山伯真是天底下最老实的老实人，这样的谎话他也能信以为真。听祝英台说完，梁山伯就当即找来一只碗，盛了一碗水，放在了床的中间。看着梁山伯的这番举动，祝英台激动万分，她对梁山伯的情意也就更加深切了，心想，倘若有这样忠厚体贴的人做自己的终身伴侣，该有多好呢。而山伯对自己完全是一个大哥对小弟的手足之情，况且他根本就没有察觉自己是女子的事情。想到这里，祝英台心乱如麻，不能自已。

第二天，天刚蒙蒙亮，祝英台就醒了。看着床中间的一碗水，还是好好的。心里不知是甜蜜，还是失落，连她自己也说不清楚。在梁山伯的精心照料之下，英台也痊愈了。

自从梁山伯照料祝英台病体转愈之后，

祝英台对梁山伯的感情更进了一步。

（四）十八相送

　　日子过得很快, 转眼三年就过去了。这天,
一个人急匆匆地来找祝英台。原来是祝员外
家里的长工，他给祝英台带了封家书。祝英
台看过家书后，一筹莫展。梁山伯见祝英台
这般模样，便问道："贤弟有什么事？"祝英
台说："刚才家中来信，说母亲生病，要我速
回家。不过据弟推测，老母纵然有病，有也
不重。只是离家三载叫我回去,倒是不能不去。
梁兄之意如何？""当然要回去，况有伯母来
信叫你回去，只是……"梁山伯看了看祝英
台，有些不舍地说。"我也舍不得兄长，希望

三年后，英台与山伯告别回乡

梁山伯与祝英台

英台彻夜不眠，难以割舍对山
伯的情谊

祝英台决定对师母倾诉真相

如何向梁山伯道出原委，祝英台很是发愁

兄长学成后，早早到我家去看望我。"说到这里，祝英台也忍不住红了眼眶。

这天夜里，祝英台一夜没有合眼，翻来覆去地想怎么告诉梁山伯自己是女儿身的事。想了一夜，她终于有了主意。原来祝英台想到的就是师母。却说祝英台在万松书院学习这三年间，生活上常常得到周师母的体贴照顾。事到如今，自己也没有什么别的办法了，只好向周师母和盘托出，来请她帮这个忙了。

第二天一早，祝英台在向周先生告别之后，就来到了师母的房间，红着脸，把自己女扮男装来杭州求学，如今又想把终身托付给梁山伯的事情都一五一十地说了出来，请求师母帮她这个忙。没想到师母非但没有惊讶，反倒一口答应。原来，细心的她早就察觉出来了，自己又很喜欢这两个孩子，就答应祝英台等她走后，一定会把事情的真相告诉梁山伯。

江边送别

拜别了师母之后，祝英台回到房间。银心和四九早已收拾好了行装。梁山伯说："让愚兄送贤弟一程吧。"四九帮着挑起了行李，银心牵着马，先走一步，梁山伯与祝英台两人这才默默无语地相伴上路。

两人默默走了好长一段路，眼看已经来到钱塘江边的渡口。祝英台见四周清静，机会难得，便想表白心事，但又苦于不知从何说起。踟蹰之下，忽然想到梁山伯说过他下个月也要返乡了，便借此打开了话头："梁兄也快要离开这里了，返乡以后，见了伯母，请代我请安。""记住了。贤弟此番回去，见了伯父母也代我请安。"梁山伯礼尚往来地说。"这个自然。"祝英台停了一会又试探地说："啊，梁兄，伯母年迈，理当娶一房嫂嫂侍奉伯母才是。若有喜讯，必须通知我，也好赶来吃杯喜酒。""贤弟取笑了！"梁山伯笑着摇摇头道："我乃是一介寒士，谁家女儿肯嫁给我？倒是你出身豪富，又是一表人才，今朝回去，也许伯父母已经代你订下了美满姻缘了，若是这样，大喜之日，可千万不要忘了结拜之人。"梁山伯是言出无心，却不料这些话句句刺激了祝英台。"不怕梁兄笑话，小弟此生不愿娶妻，只愿终生与你为伴，不知你意下如何？"祝英台语意双关地说到这里，脸红了。梁山伯笑了笑，拍着祝英台的肩膀不置可否地说："贤弟又说傻话了！"忽然，祝英台眼前一亮，又想出来个办法，开口说道："梁兄，你可知道，小弟家中有个九妹，和我是双胞胎，长得和小弟一模一样，倘若梁兄能够和我家九妹结成连理，那真是再好不过。梁兄如果不嫌弃，小弟来给你们做媒，你看如何？"梁山伯道："贤弟为兄做媒，岂有不愿之理。只是愚兄家境贫寒，有点儿高攀吧？怕是委屈了令妹！""梁兄请放心，小弟既然提了这门亲事，当然是有七分把握的。回到家中，小弟便禀告父母。望梁兄早日来提亲，不要错过良机才是。""贤弟，那你说什么时候提亲最为合适呢？"祝英台

祝英台急中生智，巧妙地向梁山伯表白心迹

江边诀别

微微一笑说道："我和你打个哑谜吧。我约你一七，二八，三六，四九。梁兄现在，不用猜它，到家一想，也就想起来了。"梁山伯不敢怠慢，连忙记下了这个哑谜。马上就要上船了，祝英台双手一揖，说道："时间不早了，今天难为梁兄一路送来，足足走了十八里地。如此深厚的情谊，小弟终身难忘。"梁山伯拱手作揖，道声珍重，又叫四九过来，拜别了相公和银心，就依依不舍地看着祝英台上船了。

（五）楼台诀别

五天之后，祝英台和银心平安地回到了祝家庄。家里的人早已得到了消息，全都来到大门口迎接。英台一见祝公远，就连忙问

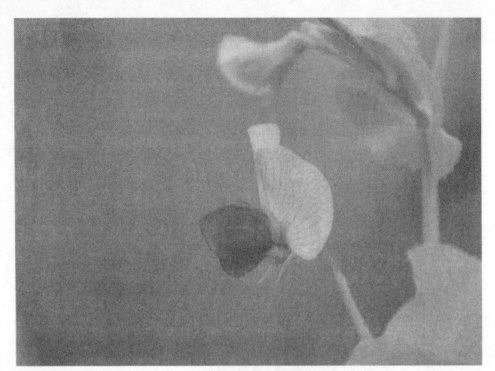
家人把祝英台骗回家是为了
将她许配人家

道："母亲的病痊愈了吗？""好了好了，听
说你要回来，你母亲就什么病也没有了。"祝
公远哈哈大笑地说道："赶快，回屋换身女装
来大堂，家里还有客人呢。"家里来的不是别
人，而是要给祝英台做媒的媒人。原来，会
稽太守马子明听说祝员外有个女儿，非但貌
若天仙，还知书达理，所以特请人来给他的
小儿子马文才做媒，想和祝家结成亲家。祝
公远见马家在会稽一带手眼通天，家财万贯，
想想也算门当户对，就答应了这门婚事。

自从英台知道了这件事情以后，感觉真
像是晴天霹雳一样。她的心就像被无数把尖

刀刺伤一般，疼痛不已。这天，她再也按捺不住了，连忙去找了父母，把自己在杭州读书的时候结识了梁山伯，把自己三年来和梁山伯的一番情谊以及自己在一个月以前已经假托九妹许配终身的事，一五一十地都说了出来。祝公远一听，勃然大怒道："你真是太放肆了。自古就是父母之命，媒妁之言，哪有过私定终身这种丑事？不要再提那个梁山伯了。一个月之后你就出嫁吧！"说到这里，就拂袖而去。

听闻师母道出真相，梁山伯方恍然大悟

再说梁山伯，自从回到万松院，开始琢磨起那个哑谜了。突然间，灵光一现，他心想，贤弟说的是一七，二八，三六，四九。七八是十五，六九也是十五，十五加十五，不正好是一个月吗？原来，他是约我在一个月之内到祝家庄提亲。这一想，梁山伯的心情顿时开朗起来。这时候，周师母笑盈盈地走了进来，问道："山伯，你可知道英台是男是女？""当然是男子。""不对，祝英台是个女子，连她的书童银心，也是个女子。"梁山伯大吃一惊，师母就把英台临行时和她说的话都告诉了梁山伯。

梁山伯这才恍然大悟，原来根本没有九妹，九妹就是英台，英台就是九妹。她不好

告别师母，梁山伯赶往祝家庄

意思给自己说媒，才说了这么个谎话。自己真是傻呀，同窗三年，居然没有看出祝英台是个女子。想到这里，他再也按捺不住心中的喜悦，拜别了周先生和师母后，就赶往祝家庄了。

"小姐，小姐，梁公子来了！"银心急匆匆地跑到院子里对祝英台说。"他真的来了？"英台激动地问。"嗯，就在书楼等着小姐呢。老爷现在不在家，夫人说让你们小聚片刻。"银心点了点头说道。祝英台来到书楼，快步走到梁山伯面前，说："梁兄别来无恙。"梁山伯朝祝英台看了看，只见她身穿一件淡黄的衣衫，下面系着一条翠绿的百褶裙，一双明亮的大眼睛里却分明藏着几分忧思。

按说今天相见，她应该高兴才是，怎么却是这样的一种神情？梁山伯连忙回礼："贤弟，你……"一时间不知道该说什么好了。倒是祝英台没有慌乱，轻声道："还是叫我小妹吧。"两人随即在桌边坐了下来。祝英台看着自己朝思暮想的梁山伯，心里有千言万语，却又不知从何说起。自己马上就要嫁入马家了，本想逃走，可是马家势力那么大，况且父亲已经收了马家的聘礼，这该如何是好啊。想到这里，祝英台的眼泪就止不住地流了下来。梁山伯一见，顿时慌了神，连忙说道："贤妹别哭，你这是怎么了？"祝英台再也控制不住自己的情绪，就边哭边把这一个月里发生

相爱之人终相见

的事情一五一十都说了出来。

梁山伯一听，顿时脸色惨白。只觉得眼前一阵黑暗，不觉摇摇欲倒地浑身抖了起来。过了许久，才勉强说出一番话来："这事怪不得贤妹，真是飞来横祸。只怪愚兄无能，保护不了你这样的弱女子。真是辜负你对我的一片真情了。"说罢，拿起桌上的一杯酒，一饮而尽，放下酒杯，对祝英台说："愚兄告辞了。"转身就往门外走。谁知刚迈出一步，就剧烈地咳嗽起来，只觉得头晕目眩，心如刀割，不得不取出一块手帕，紧紧捂住自己的嘴。祝英台连忙扑上前去，只见那白手帕上早已渗出一大片殷红的血迹。祝英台忍不住

祝家庄牌坊

失声惨叫起来："梁兄，是小妹害了你啊！"四九、银心闻声赶上楼来，一见这种情景，也吓得手足无措。梁山伯喘过气来之后，仍然坚持要走，祝英台只好流着泪对梁山伯说："梁兄回家，务必要好生休养，盼你能够再来看我。"梁山伯颤抖地说道："贤妹的话，愚兄都牢记在心，如果病好了，还会再来看你的。你自己多保重。"祝英台目送梁山伯走出了祝家庄，才掩面啜泣回到了屋中。

再次告别英台，梁山伯痛心离开祝家庄

（六）合墓化蝶

梁山伯回到家中，从此一病不起。梁山伯的母亲高氏看着儿子的病情很是心痛。请了医生来诊治，服药也不见效，大口的鲜血继续吐着，终日昏昏沉沉、如痴如呆，嘴里只是不住地叫着英台的名字，急得高氏束手无策，只有暗暗流泪。

这天清晨，高氏过来看望，他拉着母亲的手，哭着说："母亲，孩儿不孝，看来是要先走一步了。不能侍候您老人家了，您一定要多保重身体，孩儿只能来世再报答您的大恩大德了。"高氏大吃一惊，连忙要去堵儿子的嘴，山伯却推开母亲的手，继续说："孩儿临走之前还有件事要母亲答应，请母亲在胡

梁山伯殉情，祝英台悲痛不已

桥镇上为孩儿安排一块坟地，孩儿也就走得心安了。"高氏一边哭，一边擦着眼泪说道："快别说了，母亲都依你。"梁山伯点点头，又轻轻地说出了最后一句话："母亲，孩儿对不起您老人家，我要走了。"说罢，两眼一闭，再也没有醒过来。

梁山伯死后，高氏悲痛欲绝，直到丧事办完，才派四九去向祝英台报讯。

话说祝英台这边，转眼已经是七月初五了，祝家都忙做一团了。原来，马家把迎亲的日子定为了七月初七，于是祝家上上下下

惊闻梁山伯亡故，祝英台追随
而去

的人都在为准备嫁妆的事忙碌着。这时的祝
英台早就下定了决心，她暗中谋划着，准备
到尼姑庵去出家，借此机会等待有朝一日和
梁山伯的再次重逢。第二天一早，祝英台把
一切都准备好了，先叫银心去向紫竹庵的住
持讲明。银心本想劝阻，但见她心意甚坚，
也不敢多嘴，并且自己也决定跟了去。银心
走后不久，忽然又带着四九回来了。祝英台
一看见四九，不觉一怔，继而发现银心和
四九的脸上都挂着亮晶晶的泪珠儿，更感到
犹如一阵冷风吹透了骨髓，一切打算都落了

空，她的心完全沉下去了！

果然，四九进来，还没开口，就"扑通"一声跪下去了，喊着："祝小姐，我家梁相公，他，他已经走了。"四九说到这里，早已泣不成声了。"他走了，他走了。"祝英台的嘴唇颤动地重复了一句，声音低得几乎听不见了。过了好一会儿，祝英台才又开口问话："四九，梁相公安葬了吗？""安葬了。""葬在哪里？"

"葬在胡桥镇的东北角上。梁相公临终前让我把坟墓的地址告诉祝小姐，他说他想您，要您务必到他坟前一见……"

祝英台听了这话，默默领会了山伯的意思。一阵心酸，顿时热泪如雨。想到山伯已经先走一步，那自己出家还有什么意义，不一会，一个新的计划又在她的脑海里出现了。

七月初七这天终于到了。马文才披红挂彩，骑着马得意洋洋地来到祝家庄迎娶。媒婆随着花轿和鼓乐跟在后面，一路上看热闹的人熙熙攘攘，十分威风。眼看花轿就到了大门口，祝夫人上楼催促女儿快些梳妆打扮，却看见女儿呆呆地坐在梳妆台前，一动也不动。祝夫人说道："孩儿啊，快点梳妆打扮，早上路凉快些。"祝英台看了看祝夫人，不慌不忙地说道："母亲，我有一句话请您去问

接亲队伍来到祝家，却不见新娘身影

祝英台要求花轿抬到梁墓祭拜，才同意成亲

明白了爹爹和马家迎亲的人，然后再梳妆不迟。""你这是什么话？都什么时候了，净瞎胡闹。""要我上轿，必须要依我一件事。否则，就让马家抬一个死人回去吧。花轿必须绕到胡桥镇，我要到梁山伯坟前祭拜一番。"祝夫人一听，这还了得。连忙去找祝公远商量去了。祝公远一听，气得不知如何是好。他想，就算自己答应了，可怎么跟马家交代啊，但如果不依她，万一女儿真的有什么事，那……真是两难啊。只好找来媒婆商量，这媒婆脑子特别灵光，不一会儿工夫，就想出了一个理由，去跟马文才商量了。说是新娘子当年曾经在杭州城读书，有个同学叫梁山伯的，

祝家一派喜庆气氛等待接亲

如今死了，坟墓就在胡桥镇。祝英台今天想去祭拜一番，这也是人之常情，可见这新娘子也是个有情有义之人。如果马公子答应了，这小娘子以后肯定会感激你的。马文才本来不大乐意的，被媒婆这么劝说之后，觉得也有道理，想着自己盼了好久，好不容易盼到今天，若是为了这点小事逼死英台，确实不值得，就同意了。

都准备好了，鼓乐齐鸣，人声嘈杂，祝英台告别了父母，满含着眼泪，上了花轿。走了一程，突然下起雨来。马文才没有退路，只好催促大家赶路。不一会，队伍就来到了胡桥镇附近。祝英台掀开轿帘四处一看，远

祝英台含泪上了花轿

梁山伯与祝英台双双化蝶

处赫然有一座新修的坟墓，祝英台当即下了轿，跑到跟前，上面刻着"梁山伯之墓"。祝英台刚到坟墓前，只见风雨声、雷声、哭声、呼叫声，凄惨地混杂成一片。忽然一阵巨响，梁山伯的坟霍地裂开了，祝英台看见这情形，惊喜地站起来说道："梁兄，我来了！"便跳进了坟墓的裂缝中。说时迟，那时快，祝英台刚刚扑进坟墓，坟墓在刹那间便又重新合拢，仿佛它从来没有裂开来似的。

银心被刚才所发生的事情惊呆了。再朝那坟墓看去，只见风也停了，雨也止了。忽然有两只美丽绚烂的花蝴蝶，翩翩盘旋于坟上，它们是那么自由幸福地飞着，舞着。"小姐！梁相公！"银心脱口而出。不一会工夫，这两只蝴蝶就越飞越高，越飞越远，再也看不见了。

从此以后，这一带的老百姓纷纷传言说梁山伯和祝英台两人已经变成了两只蝴蝶。他们活着的时候不能做夫妻，死后变成了一对形影不离的蝴蝶。每年春天，当人们在野外看见两只蝴蝶在翩翩起舞的时候，便又会诉说起这个让人怦然心动的传说。

四、白蛇传

西湖美景

（一）西湖寻夫

　　说起西湖风光，北宋大诗人苏东坡有一句名句，"欲把西湖比西子，淡妆浓抹总相宜"。这个美丽的传说就发生在美丽的西湖边上。

　　这天是清明节，杭州人一向都有个风俗习惯，那就是家家户户都要在当天去祭扫祖坟，说是扫墓，其实总是要连带着踏青。街上人头攒动，有唱小曲儿的、有放风筝的、有卖小吃的，真是五花八门，应有尽有，好不热闹。这时，从一间药铺走出来一个少年，只见他右手提着个竹篮子，里面装着金银纸锭、鞭炮蜡烛之类上坟用的东西，左手带了一把雨伞，扛在肩上，少年对着药铺的窗户说道："表

西湖景致如画

叔，我去南山给父母上坟了，来往路途遥远，要晚上才能回来,店里的事就有劳您费心了。"房里有人答道："许仙，你放心去吧。路上小心，你早去早回。""知道了。"说罢，许仙就提着东西走了。

走过了几条街，许仙就到了西湖的码头，准备渡船去南山。看着湖面上的风光，心想：西湖的景致真好，今天上坟，提早一点回来，若到西湖还早，就在这游玩半天再回城。许仙有了这份心思，果然上坟回来很早，到达西湖，时间还很早呢，就带着雨伞，顺着西湖边上的人行路，边走边观看西湖的美景。可刚走没多久，刚刚还晴空万里的天

许仙与白素贞相遇在西湖

空上飘过来几片乌云，只一会工夫，西边响起震耳的雷声，刹那间便下起雨来。许仙撑起伞，直奔西湖边跑去，当即叫了一只渡船，让船夫送他到对岸去。船夫解开缆绳，刚要把船荡开，又听见两个年轻女子在岸上呼唤："老人家，让我们搭个便船吧。"船夫有些犹豫不决，转身朝许仙看去。许仙从船舱里探出头去张望，一看原来那边有两个年轻女子，一位约十八九岁，身穿白绫衫，下系白绫裙。一位十六七岁，穿了一身青色的裙子。两个女子被大雨淋得衣服都湿透了，他不觉动了恻隐之心，连忙吩咐船夫把船靠岸，让她们两人上船。

　　两个姑娘进了船舱，一见许仙，就深深地道了个万福。许仙慌忙起身还礼。穿白衣服的女子说道："小女子名叫白素贞，这是我的妹妹小青，今天多谢公子，请问公子尊姓大名，将来我二人提到今日遇大风大雨，为何人所救，要是答不出来，就太失礼了。""不敢，在下姓许名仙。""府上又在何处？""寒舍就在过军桥黑珠儿巷。如今在一家药铺里做买卖。""官人这是出来游玩？""岂敢。想我许仙，自幼父母双亡，全靠姐姐拉扯长大。今天是清明节，我是出来给父母上坟的。回

二人在西湖闲聊并心生爱慕

来早些，便在这里逗留了片刻。""原来如此，官人扫墓，为何不带家眷？""小生家境贫寒，至今尚未婚配。"却说这许仙平日里是沉默寡言，今天见了白娘子和小青，却一反常态，变得非常健谈。这时，许仙觉得似乎是遇见了意中人，忍不住多看了白娘子几眼。

不知不觉，船已经靠了岸。小青道："姐姐，现在雨还在继续下，怎么办？"

许仙说："我这里有一把雨伞，小姐拿去用吧。我到店里路近，一跑就到了。"说着，就把伞交给了小青。白娘子见此情景说道："清波门外钱王祠畔，有个小红门，门口贴有'白宿'的纸条，那便是我家，请公子明日来府

钱王祠

上取伞。"许仙道："明日下午，一定到。"于是小青先撑着伞，跳上了岸，白素贞也跟着一跳，手扶在小青的肩上，两人共撑一把伞，向远处缓缓走去。

（二）美满姻缘

三月里的天气，阴晴是谁也说不准的。昨天下了一阵大雨，今天就是个大晴天了。白素贞一个人坐在房里，对着院子里的花草发呆。"姐姐，你确定昨天的那个人就是你的救命恩人吗？"小青一边给白素贞倒茶一边问道。"我确定就是他。"白素贞若有所思地说。原来，白素贞与小青本是修炼了千年的蛇

纸伞成了许、白二人的红娘

妖，几百年前曾经有人救过白素贞一命，这个人就是经历了多次投胎转世的许仙。白素贞是为了报恩，才来到杭州的，就连昨天的偶遇也都是白素贞事先计划好的。却说白娘子，从峨眉山千里迢迢来到杭州西湖，就是为了报答当年的救命之恩。现在恩人找到了，心中肯定无比喜悦。可报恩的方式多种多样，自己要怎么选择呢？想想昨天的接触，白娘子对许仙很是喜欢。就下定决心，要以身相许，用这样一种最浪漫的方式来报恩。"那他今天能来吗？"小青接着问道。正在说话的工夫，就听见外面有敲门声。小青开了门，果然是许仙。小青带许仙来到客厅，又掀起通往后

西湖结缘

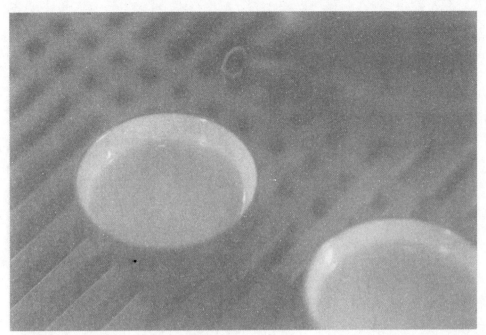

清茶淡饭，许仙与白素贞相见恨晚

半间的门帘，转身到里面，悄悄地说："姐姐，许官人来了。"只听得白娘子在里面脆声答应："让他到里屋说话吧。"小青出来，催许仙进去。许仙迟疑了一会儿，禁不住小青在边上一再催促，就半推半就地跟着进了里屋。

里屋原来是一间琴室，布置很是别致。桌边放了一张古琴，正点着几炷香，显得格外的幽静雅致。白娘子一见许仙，便起身道了个万福，开口说道："昨天湖上遇雨，多蒙官人照应，真是感激万分！"许仙慌忙回礼，一边又说："区区小事，何足挂齿。小生是来取伞的。"白素贞微微一笑道："不忙，我已吩咐厨房准备了些小菜，请相公宽饮几杯。"

这时候，小青端出了酒菜，三个人围着桌子，开始边喝边聊起来。

小青举起酒杯，对许仙说："官人，请饮。"说罢，就把杯中的酒一饮而尽。接着说道："许官人，你二十几岁还未成亲，今天我给你做个媒怎样？想我姐姐年轻守寡，好不凄凉。官人家中贫寒，也是尚未成家。你们二人，可谓同命相连。不如心心相印，两人结为一对恩爱夫妻，白头偕老，不知官人意下如何？"许仙听了这番话，自然也是满心喜悦，不过再一想，却又犹豫起来，吞吞吐吐地开了口："娘子如此厚爱，小生没齿难忘。只是愧于囊中羞涩，又怎么办得了婚事？"白娘子一听，

两颗相爱的心连到一起

西湖美景见证美丽爱情

原来是为了钱，便说："官人不必为这事发愁，我这里还有不少积蓄，尽够官人花销的了。"说罢，一挥手，让小青上楼，先拿一些下来。

不一会儿，小青从楼上下来，笑盈盈地把一个沉甸甸的小包放到了许仙的手里。许仙打开一看，包里果然整整齐齐放着五十两银子。只听白娘子在边上轻声说道："官人先拿去用吧，将来迎亲时还要开销，也只管来

西湖美景

拿就是了。"许仙看着白娘子，心中充满了感激之情，说："娘子如此待我，小生感激不尽。待小生回去禀报姐姐，便找媒人前来提亲。"再三道谢后，许仙就拿着银子回家了。

许仙回到家后，把这喜事禀告了姐姐、姐夫。姐姐想，许仙年纪也不小了，还迟迟没有成亲，说到底也就是因为家中贫寒，如今有这等好事，当然是求之不得。没多想就

西湖美景

痛快地答应了。

　　几天之后，许仙和白娘子就风风光光地拜了天地，结成了一对恩爱夫妻。结婚以后，白娘子又拿出自己的积蓄给许仙在镇江开了个药店，店名叫做"保和堂"。就这样，许仙、白娘子和小青三人就从苏州搬到了镇江，在那里开始了崭新的生活。

（三）端午惊魂

话说"保和堂"刚开张，就遇上镇江闹瘟疫，老百姓一个个面黄肌瘦、唉声叹气的。地方上一闹瘟疫，大家就都往药店跑，保和堂的存货没几天工夫就被抢购一空了，到外地进货又是远水救不了近火。许仙看着全镇的百姓有病却无药可医，很是着急。白娘子看到许仙手足无措的样子，便自告奋勇地说道："官人，我小时候跟着外公到山里采过药材，我来帮你吧。"许仙一开始不同意，怕她身体吃不消，可禁不住白娘子的一再要求，再看着全镇百姓饱受病痛的折磨，也就同意了。

却说镇江西门外三十里的地方，有一座高山，叫做百草山。那里的草药真是多极了，可是地势险峻，非常危险，常人一般都不敢来此采药。白娘子到了百草山，不一会工夫就采了满满一篮子。从此以后，她每天一清早就出城，进山采药，从此，保和堂店里就再也没断过药。许仙和白娘子还在店门口摆了一口大缸，里面泡满了草药，施舍给穷苦百姓，人们都可以来舀，分文不收。保和堂配出来的药非常灵光，尤其是治疗瘟病，总是药到病除。这样一来，镇江城里城外，有

百草山

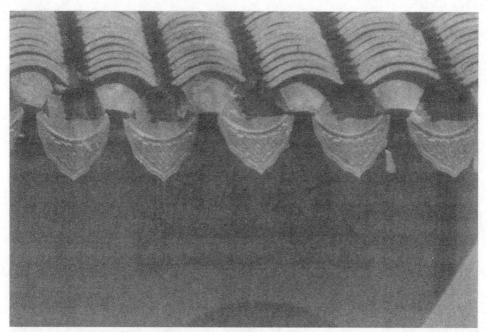

古法海洞

口皆碑，大家不只佩服保和堂的灵丹妙药，更对许仙夫妇二人赞口不绝。

这消息一传十，十传百，传到了金山寺长老法海和尚的耳朵里，这法海本是个蟹精，一次偶然的机会得到如来佛祖的点拨，便成了一个和尚。还给了他三样宝贝：青龙禅杖、风火袈裟、紫金钵。这个法海平日里专门做些画符念咒的事，说是可以帮助百姓消灾劫难。其实呢，是想捞些钱财。如今镇江的百姓全往保和堂跑，把他的财路给堵住了。法海掐指一算，恍然大悟，原来他算出白娘子是千年蛇妖，一会工夫，便计上心头。

这天，白娘子又去百草山采药了。法海

金山寺

和尚来到保和堂门口，盘膝坐在地上，"笃笃笃"地敲起了木鱼。许仙出来一看，是个胖和尚，便客客气气地问道："老禅师，你到我这里是来化缘的吗？"法海看了看许仙，说："老衲不是来化缘的，而是来救施主一命的。"许仙听他这么一说，顿时很是奇怪。法海接着说道："施主，你可要当心啊！你知道吗？

你的娘子是千年蛇精。你若不信，过几天就是端午佳节，你若给她喝雄黄酒，她必定现出原形。"许仙一听，吓得一整张脸惨白惨白的。刚要辩解什么，那法海和尚早已经摇摇摆摆走远了。

金山寺

到了端午节这一天，按照当地人的风俗习惯，家家户户要在家门口插些艾蒿叶，也要到江边去观看热热闹闹的划龙舟比赛，人们还要在这一天喝雄黄酒。

清早，小青就先去山里躲避了。原来，小青的修炼还不够，受不了雄黄酒的气味，怕到时候现出原形。白娘子左思右想后，还是决定留下来，想如果自己也走了，许仙会起疑心的，而且自己有千年的功力，想必可以抵挡一阵。

再说许仙，在店里和伙计们一起过节喝酒，已经有些醉了，喝着喝着，就端起一壶雄黄酒，来到后院的楼上，要和爱妻共饮几杯。白娘子禁不住许仙的再三要求，没办法，硬着头皮喝了一杯，谁知喝下去后一阵恶心，就连忙说自己身体不舒服想休息。许仙一见白娘子这般模样，若有所思地说道："莫非娘子你有喜了？"白娘子莞尔一笑，低下头去，算是默认了。许仙高兴地跳了起来，说道："那

木雕《水漫金山》

娘子快些休息吧。"说着，连忙扶白娘子上床休息。

许仙下了楼以后，心中懊悔不已，连连责怪自己，娘子有了身孕，怎么还能让她喝酒呢。就匆匆赶到药房，调了一杯醒酒汤，端进房中，要替白娘子醒酒。许仙一边撩开罗帐，一边说道："娘子快起来喝碗醒酒汤。"谁知，白娘子已经无影无踪，那床上竟盘着一条大白蛇，吓得许仙大喊一声，便昏死了过去。

（四）水漫金山

午时三刻一过，白娘子又变了回来。小青也从山里回到家中。两人一看，许仙躺在了地上，一点气也没有了。白娘子心里明白，肯定是自己酒后现了原形，把许仙给吓死了。白娘子心乱如麻，转过头来对小青说："还有救。只是凡间的草药救不活相公了，只能到嵩山去盗仙草。""嵩山？姐姐，那里的护山神将厉害着呢，你打不过他们的。"小青着急地说道。白娘子含泪说道："为了救相公，就是上刀山、下火海，我也在所不辞！"说罢，就向嵩山飞去。

白娘子到了嵩山，见守护仙草的白鹤仙

子和鹿童仙子正好不在，就变成了一条小白蛇，飞快地摘下一颗灵芝仙草，重新恢复人形，想要溜走。谁知就在她要溜走的时候，鹿童仙子正好回来了，见白素贞拿着仙草便大喊一声："哪里走！"便朝白娘子追去。忽然听得半空中有人大喊一声："徒儿住手！"大家一看，原来是南极仙翁赶到了。白娘子一见仙翁，便泪如雨下地把事情的前因后果都告诉了仙翁。仙翁听了之后，长叹一声说："难得你一片痴情，我就成全你这一回吧。"白娘子喜出望外，谢过仙翁后，带着仙草，风驰电掣般飞回了镇江。

许仙服下了仙草以后，慢慢地睁开了眼

许仕林击败法海和尚，摧毁雷峰塔，把母亲白素贞接回家

白蛇传
107

金山风光

睛。他一把拉住白娘子的手，急切地问道："娘子，我现在在哪里？"白娘子一见许仙又活了过来，高声说："好了好了，官人说什么胡话，你不是好端端地躺在自己的床上吗？"许仙看了看四周，又突然想起刚才看到的白蛇，吓得不知道说什么好了。还好白娘子早有准备，对许仙说："官人，刚才伙计们都发现了一只苍龙，想必官人也正是看到它才吓得晕了过去吧。这苍龙出现可是好事情呢，看来许家要兴旺发达了。"许仙听后，再看看长得如花似玉的白娘子，怎么也不相信她就是那条蛇，就相信了白娘子所说的话。

谁知一波不平一波又起，就在七月十五

盂兰盆会

这天，金山寺做盂兰盆会，许仙和一群人去上山烧香，结果被法海抓了起来。原来法海为了制伏白娘子，便要许仙拜他为师，许仙不从，法海就命手下把许仙关进了禅房。

再说白娘子在家里等着许仙，转眼已经三天过去了，掐指一算，知道了是法海在那里作梗，便和小青二人来到了金山寺。来到寺门口一看，那寺门早已关得紧紧的，进不去。法海身披风火袈裟，手里拄着青龙禅杖，居高临下，严阵以待。

小青一见法海，便开口骂道："秃驴，你凭什么拆散人家夫妻？快把许官人交出来。"白娘子倒是客气地说："长老，我与许仙是结发夫妻，如今我已身怀六甲，请长老网开一面，放了许仙，让我们夫妻团聚。"法海冷冷地看着白娘子，说道："你这个孽畜，本是修炼千年的蛇妖，如今却在此迷惑凡人，真是大胆包天。你的丈夫，已经拜在老衲名下，出家做和尚了，你若能改过自新，老衲就放你一马，若仍执迷不悟，就休怪我无情！"白娘子愤怒地说道："虽然我是蛇妖，但从来没有害过人，如果今天你不放了许仙，我就要水漫金山，把你们这些臭和尚统统淹死。"

说罢，白娘子便作起法来。只见天上乌云翻滚，狂风四起，电闪雷鸣，下起大雨来。

镇江金山寺

大雨越来越大，地上的水也越来越多。眼看金山寺就要被淹没在大水之中，只见法海把风火袈裟朝山头一披，这风火袈裟竟然变成了一道长堤，把大水都挡在了金山寺的外面。就在这时候，白娘子动了胎气，一时间直冒冷汗，手抚着腹部，忍不住呻吟起来。小青一见情况不妙，便对白娘子说："姐姐，如今你有了六个月的身孕，怎经得起这般折腾，不如我们先走吧，回去好从长计议。"说着，就带着白娘子飞走了。金山寺外面的漫天大水也就渐渐地退去了。

金山寺塔

（五）断桥相遇

却说许仙在白娘子水漫金山的时候正被法海关在禅房之中，逼他每天念经。许仙一边念经，一边想念着身怀六甲的娘子，不禁流下了眼泪。这时候，寺里的一个小和尚来给他送饭，许仙一把拉住了小和尚的手，说道："小和尚，我与娘子本是一对恩爱夫妻，那法海硬要拆散我们，我求求你，放我出去吧。我娘子已经有孕在身，不能没有我啊。"这小和尚也是个好心肠，看着许仙这么可怜，就打开门锁，把许仙放了出来。许仙对小和尚千恩万谢后，擦了一把眼泪，就连忙逃走了。

西湖断桥

　　许仙从金山寺逃出来以后，不知不觉就走到了西湖的断桥边，看着与白娘子初次相遇的地方，不由得触景伤情。许仙两行热泪不由自主地滚落下来，呼喊起来："娘子啊娘子，你在哪里？"说来也巧，白娘子水漫金山后，也来到了杭州西湖，姐妹二人正在断桥边的一个亭子里休息，忽听远处有人喊娘子，只觉得那声音十分熟悉，再仔细一听，果然是许仙。

　　白娘子一见许仙，心里很是难过，她满含深情地叫一声："官人，你受苦了。"

　　许仙见白娘子非但没有责怪他，反而为他感到难过伤心，就更加自责了。白娘子长叹一声说道："官人，事到如今，我不能再隐瞒你了。我本是峨眉山修炼千年的蛇仙，为了报恩，才千里迢迢来到西湖找到了你。如今我的心愿已了，倘若你有半点不愿意，我是绝不会勉强你的。"许仙听了这番话，心中已经不再惊讶，想想自己和娘子一起走过了这么多风风雨雨，虽然她不是人间女子，但从来没有害过人啊，就斩钉截铁地说："我和娘子的夫妻情，海枯石烂，永不变心！"

　　许仙接着说道："娘子，看来镇江我们不能回去了，这样吧，我们先去投靠在黑珠儿

许仙夫妇商议后决定投奔姐姐

巷的姐姐，再一切从长计议。"说罢，许仙、白娘子和小青三人就风尘仆仆地赶到了黑珠儿巷，敲开了许仙姐姐家的大门。

姐姐开门出来，一见门口站着的是自己日思夜想的弟弟，边上还有两个女子，其中一个又有孕在身，就什么都明白了。连忙把他们三人接进家中，嘘寒问暖，照顾有加。

日子过得真快，白娘子生下了一个白白胖胖的男孩。转眼间，已经到了给孩子办满月的时候了。这天，清早起来，全家上下就

二人的生活逐渐恢复平静

里里外外忙个不停，在家里摆起了"满月酒"。白娘子这天的精神也格外好，在房间里忙着梳妆打扮。许仙看着眼前花容月貌的娘子，忽然又想到一件事。许仙心想：自打成亲起，自己就没有给娘子买过一件像样的首饰，真是委屈了她了。想到这里，许仙一转身，就匆匆忙忙地出门了，原来他是要给白娘子买几样首饰回来。

刚走出大门，就听见巷口有人叫卖："卖金凤冠啰！"许仙一听，喜出望外，再看那

古法海洞

金凤冠，果然很漂亮，就毫不犹豫买了一顶，一路跑回了家。白娘子见许仙买了个这么漂亮的金凤冠，就迫不及待地戴在了头上。谁知这金凤冠好似一个紧箍咒，只觉得越箍越紧，连忙伸手去脱，却怎么也脱不下来，只觉得眼前一黑，就倒在了地上。

这时候，卖金凤冠的人也跟了进来，摇身一变，就变成了一个胖和尚，这和尚不是别人，正是他们的冤家对头法海。只见法海开始念咒，那箍在白娘子头上的金凤冠顿时变成了紫金钵。紫金钵放出万道金光，把白娘子团团罩住，这时，白娘子的身体越变越小，终于变成了一条白蛇，被法海收进了紫金钵之中。

之后，法海又在净慈寺的雷峰顶上造起了一座塔，这就是有名的雷峰塔。白娘子就被法海压在了雷峰塔下。许仙赶来恳求法海放了白娘子，谁知法海和尚冷酷地说道："只有等到雷峰塔倒、西湖水干的那一天，白素贞才能够出来！"

（六）雷峰塔倒

却说白娘子被压在雷峰塔下之后，许仙万念俱灰，削发做了和尚，在金山寺跟随法海修行。那刚满月的孩子就交给了许仙的姐姐抚养，取名许仕林。再说小青，自从回到峨眉山，就在峨眉大师的亲自指点之下，苦练三昧真火，一心一意要救出白素贞。

小青终于练成了三昧真火，就向师父辞行。峨眉大师对小青说："想我徒儿在山中苦练十八年，无非是为了救出你的结拜姐姐，真是功夫不负有心人，如今有了这三昧真火，对付法海想必是有把握的。可是你别忘了，法海手里还有三件法宝，那可是当年如来佛送给他的，法力无边啊，恐怕你不好对付了。不如你先去西天，找如来佛祖，求他帮帮你吧。"小青一想，事到如今，也只有这个办法了，就告别师傅，腾云驾雾，朝西天飞去。

雷峰塔

传说白素贞被法海压在雷锋塔下

小青来到西天，就把法海拆散许仙与白娘子的事情一五一十地告诉了如来佛。如来佛想：虽然这白素贞是千年蛇妖，可十八年前行医施药也积下不少功德，况且佛门一向以慈悲为怀，主张普度众生，助人为乐，这该怎么办呢？小青接着说道："佛祖，小青说的句句都是实话，如若不信，可以到杭州城里去打听打听，那里的善男信女都在虔诚祷告，希望雷峰塔能够早一天倒掉，好让白娘子一家团圆呢。"如来佛这时也责怪自己当初的粗心大意，给了法海三样法宝，才让他这样肆无忌惮、为所欲为。于是，如来佛只好和小青来到雷峰塔。

如来佛与小青赶到雷峰塔的时候，只见一个穿着状元服的年轻男子正跪在塔前，后面的文武百官也跪了一地。原来，这次的新科状元正是许仕林。仕林知道了自己的母亲正被压在雷峰塔下，就决定要跪到白素贞出塔为止。这时，许仙的姐姐和姐夫也赶来了，对仕林说："仕林，我们听说你一回来就来祭塔了，就赶过来了，怎么样？还好吧？你娘在塔里已经知道你是个最孝顺的孩子了，快起来，我们回家吧！"仕林摇了摇头坚定地说道："要是我娘不能出塔，我就长跪不起！"

　　许仕林的一片孝心感动了如来佛祖。如来佛召唤出法海，对他说："现在命你放白素贞出塔。"众人一见如来佛现了真身，还解除了对白素贞的禁锢，连忙磕头谢恩。法海不敢违背如来佛的命令，连忙作法，只听得"轰隆隆"一声巨响，在围观百姓的欢呼声中，那雷峰塔居然一下子倒塌下来。只见一阵金光从塔基冲出，白娘子就从塔中飞了出来。

　　白素贞一出塔，立刻跪倒在地拜见如来佛祖。如来佛对她说："你与许仙尘缘未了，你可前往金山寺接他回家团圆。""谢如来佛祖！"众人连忙叩首谢恩。说罢，白娘子与小青一行人就去了金山寺，把许仙接了出来。

西湖雷峰塔

他们一家人历尽了千辛万苦，终于团聚。从此以后，这个动人的故事就在民间流传开来了。